CAPITAINE BOBETTE ET LA COLÈRE DE LA CRUELLE MADAME CULOTTE

Cinquième roman épique de

DAV PILKEY

Texte français de Grande-Allée Translation Bureau

Les éditions Scholastic

Remerciements spéciaux à :
Devin, Tanner et Adam Long

Avis aux parents et enseignants

Les fôtes d'ortograf
dent les BD de Georges et Harold
son vous lues.

La citation d'Albert Einstein est tirée d'une entrevue publiée dans le numéro
du 26 octobre 1929 du *Saturday Evening Post*.

Copyright © Dav Pilkey, 2001.
Copyright © Les éditions Scholastic, 2002, pour le texte français.
Tous droits réservés.

Titre original : Captain Underpants
and the Wrath of the Wicked Wedgie Woman

ISBN 0-7791-1571-6

Édition publiée par Les éditions Scholastic,
175 Hillmount Road, Markham (Ontario) L6C 1Z7 CANADA.

5 4 3 2 1   Imprimé au Canada   02 03 04 05

« L'imagination est plus importante
que le savoir. »
– Albert Einstein

TABLE DES MATIÈRES

Les problèmes du
capitaine Bobette

Tout ce que vous vouler sa voir!!

Bande dessinée éducative de Georges et Harold

Il étais une foie deux p'tits gars super appellés Georges et Harold.

On est super.

Moi aussi.

Leur directeur, M. Bougon, étais un vieux fatiguant.

Venez par ici, les enfants!

Pas question!

Georges et Harold on hynoptisé M. Bougon avec l'Anneau hynoptique 3-D^{MC}.

Tu es en notre pouvoir.

Oui, maîtres!

Georges et Harold le persuadent qu'il est un grand superhéro appelé le capitaine Bobette.

Je suis le capitaine Bobette.

Ha ha ha!

C'étais dreaule au début, jusqu'a temps que M. Bougon saute par la fenètre.

Eh! Ou allez-vous comme ça?

Combatre le crime!

Georges et Harold on été obligés de lui courrir après, pour l'empécher de se faire blessé ou tué.

Venez ici!

Non!

Ils on eu bocou d'aventures d'un gout un peu douteux...

Des couches, des toilettes, du caca... ça ne finit plus!

Un jour, M. Bougon a bu du superjus par accident.

jus pour super-pouvoirs

glou glou

Il a désormet des super-pouvoirs et peut voler.

Tra-la-la-laaa!!!

Il y a deux choses a éviter : l'eau et les claquements de doigts.

H2O

CLAC

Si tu fais claqué tes doigts en présence de M. Bougon...

CLAC

... il se transforme en capitaine Bobette.

Tra-la-la-laaa!!!

Si tu verse de l'eau sur la tête du capitaine...

H2O

... il se retransforme en M. Bougon.

Bla bla bla

H2O

Alors, si tu vois M. Bougon, ne fais pas claqué tes doigts, sinon tu le regrè-tera.

CLAC

Et si tu vois le capitaine Bobette, ne lui verse pas d'eau sur la tête, sinon tu le regrè-tera ENCORE PLUS!!

H2O

N'oublie pas que c'est TOP SECRET, alors ne le dis à personne.

LES ÉDITIONS DE L'ARBRE

INC.

CHAPITRE 1
GEORGES ET HAROLD

Voici Georges Barnabé et Harold Hébert. Georges, c'est le petit à gauche avec une cravate et des cheveux coupés au carré. Harold, c'est le garçon aux cheveux fous à droite qui porte un t-shirt. Ils vont t'accompagner tout au long de l'histoire.

PIEDS NUS INTERDITS DANS LE CORRIDOR

Dans la plupart des écoles, les enseignants essaient de mettre l'accent sur le **MAF** (mathématiques-anglais-français, que les élèves ont rebaptisé « mouvement anti-fun »). Mais Mme Rancier, qui fait la classe à Georges et à Harold, semble plus intéressée par le **DRP** (discipline, réprimandes et punitions) que par le MAF.

Si son attitude est désagréable pour tous les élèves, elle l'est tout particulièrement pour des élèves aussi imaginatifs que Georges et Harold.

En vérité, on n'encourage pas vraiment les élèves à avoir de l'imagination à l'école Jérôme-Hébert. Au contraire! L'imagination, c'est un siège assuré dans la salle de retenue de l'école.

C'est dommage pour Georges et Harold, parce qu'ils n'obtiennent pas de A, ils ne sont pas les athlètes de l'école et les doigts leur démangent chaque fois qu'ils voient une affiche dans le corridor...

RANCIER EST UN PIED

... Tu vois ce que je veux dire?

Georges et Harold ont quelque chose de plus que les autres élèves de l'école primaire Jérôme-Hébert : de l'imagination. Pour en avoir, ils en ont! Un jour, ils utiliseront cette imagination pour sauver la race humaine d'une folle aux dangereux super-pouvoirs.

Mais avant de te raconter cette histoire-là, en voici d'abord une autre...

CHAPITRE 2
LA GRANDE NOUVELLE
DE MME RANCIER

Un beau jour, Mme Rancier, l'enseignante de Georges et d'Harold, entre dans la classe avec un air encore plus féroce qu'à l'accoutumée.

« OK, assoyez-vous, rugit Mme Rancier. J'ai une mauvaise nouvelle : je prends ma retraite. »

« Hourra! » lancent les enfants.

« Pas aujourd'hui! rétorque-t-elle. À la fin de l'année scolaire. »

« Oooooh! » gémissent les enfants, déçus.

« Mais les autres enseignants célèbrent aujourd'hui l'occasion par une petite fête... », dit-elle.

« Hourra! » lancent les enfants.

« ... pendant la récréation », termine Mme Rancier.

« Oooooh! » gémissent les enfants, déçus.

« Il y aura beaucoup de crème glacée gratuite », déclare Mme Rancier.

« Hourra! » lancent les enfants.

« Ma saveur préférée : brisures de tofu », précise l'institutrice.

« Oooooh! » gémissent les enfants, déçus.

« Mais on va commencer la fête par quelque chose d'amusant », déclare Mme Rancier.

« Hourra! » lancent les enfants.

« On va tous faire des cartes pour célébrer ma retraite », dit-elle.

« Oooooh! » gémissent les enfants, déçus.

16

CHAPITRE 3
L'IMAGINATION AU POUVOIR

Mme Rancier distribue à tous les élèves des enveloppes, du papier de bricolage et des pochoirs en forme de papillon. Puis elle écrit ses vœux de bonne retraite au tableau.

« OK, prenez vos crayons, ordonne-t-elle d'une voix rude. Je veux que vous fassiez des papillons jaunes au pochoir sur le dessus de la carte. Après avoir fini, copiez le texte qui est au tableau à l'intérieur de la carte. »

« Puis-je composer mon propre poème? » demande Louis Labrecque.

« Non! » rugit Mme Rancier.

« Est-on obligés de faire ça au pochoir? » demande Albert Mancini.

« OUI! » hurle l'institutrice.

« Est-ce que je peux colorier mon papillon violet? » demande Simon Grenier.

« NON! crie Mme Rancier. Les papillons sont jaunes. Tout le monde sait ça! »

Pendant que le reste de la classe s'affaire à fabriquer des cartes, Georges et Harold ont une meilleure idée.

« Et si on faisait une bande dessinée sur Mme Rancier à la place? » propose Georges.

« Bonne idée! répond Harold. On va en faire le personnage central de notre histoire. Ça va être super! »

Et c'est ce qu'ils ont fait.

CHAPITRE 4
CAPITAINE BOBETTE ET LA COLÈRE DE LA CRUELLE MADAME CULOTTE

Georges Barnabé
et Harold Hébert

CAPITAINE BOBETTE ET LA COLÈRE DE LA CRUELLE MADAME CULOTTE

Texte : Georges Barnabé
Illustrations : Harold Hébert

Il étais une foie un prof très très méchant appelé Mme Rancier.

Je suis méchante.

GRRR

Elle nous donnait des tas de devoirs et nous criyait après tout le tant.

Lisez 250 pages pour l'examen.

Oh non!

Une foie, juste avant les vacances de Noël, elle nous a demander de faire 41 résumés de livres.

Ho ho ho!

25 déc.

Réveil toi. C'est l'heure d'ouvrir tes cadeaus.

Je peux pas. J'ai des devoirs à faire.

Après Noël, tout le monde lui a remit une grosse pile de résumés de livres.

Ha ha ha!

Puis quelque chose d'orible est arrivé.

CRAC

Au secours!

Mme Rancier était ensevli sous une montagne de résumés.

Elle est raide morte!

GRAR

Non, elle n'est pas morte. On peut la reconstruir.

Docteur

On peut en faire une meilleure prof... plus rapide... plus forte... plus méchante!

Jambe bionik

Jambe bionik

table d'eaupérassion

chirurjiène

Cheveus bioniks

Bras bionik

Bras bionik

Quand Mme Rancier est sortie de l'hoppital, elle avait des pouvoirs bioniks.

Je vais conkérir le monde. Ha ha ha!

Elle s'est fait un costume de superméchante.

snip snip

Sa coifure montante bionik sait ouverte et a révélé une pince robot diabolique détectrice de bobette.

AYOYE!

Ha ha! Personne ne peut plus m'arèté!

passant inossant

Au se court! Mme Culotte est dans le salon des profs. Elle vient de boir tout le café et elle est en train de tirez sur la bobette du prof de gym.

Oh non! J'espère qu'elle va refaire du café!

Directeur

On dirait qu'on a besoin du...

CAPITAINE BOBETTE!

CRAC

Quel est le problême?

Sauver nous de la cruèle Mme Culotte!

Directeur

Le capitaine Bobette a livré conbas à la cruèle Mme Culotte. Elle a essayé de tirer sur sa bobette, mais...

le capitaine Bobette courrait plus vite qu'un calesson lancé à toute vitesse...

ZIP

... était plus fort qu'un boxeur...

ayoye!

PAF

et pouvait sôter par-dessus les imeubles les plus hauts sang s'accroché les bobettes.

Ça fait que la cruèle Mme Culotte est allé acheter de l'amidon en vaporisateur au magazin.

Elle a vaporisé.

Oh non! Ma bobette est toute raide et inconfortable.

Le capitaine Bobette a essayé d'apuyé sur les boutons de son élastique de superhéros, mais ils était tous brisés. Il était désarmé!

Mme Culotte a tiré sur la bobette du capitaine...

... puis l'a suspendu à un poteau.

Des enfants passait par la.

Ils lui on lancé une corde.

Ils on tiré très fort.

Puis on tout laché.

PLOUF

Les enfants on mit de l'assouplissant dans la pissine.

assouplissant

L'amidon est disparu touduncou. HOURRA!

Ma bobette est à nouveau douce et cotoneuse!

Allez louya!

pissine

Merci, les enfants!

De rien!

Le capitaine n'a pas eu de dificulté à retrouvé Mme Culotte.

Quel plaisir de se revoir!

Attrappe le, pince robot!

Il est monté en chandèle...

Accroche toi bien la bobette!

... et a fait une boucle.

La pince robot est allé loin derrière...

piscine

... mais elle a attrappé la *mauvaise* bobette.

AYOOOOYE!

Allez, en prison!

Ah zut!

TRA-LA-LA-LAAA!!!

Hourra!

FIN

LES ÉDITIONS DE L'ARBRE

INC.

CHAPITRE 5
LA COLÈRE
DE MME RANCIER

À la lecture de la bande dessinée de Georges et Harold, Mme Rancier se met dans une colère folle.

« Les enfants, crie-t-elle, vous venez de gagner un billet aller simple pour le bureau du directeur! »

« Mais tout ce qu'on a fait, c'est de se servir de notre imagination! » proteste Georges.

« L'imagination est interdite à l'école! hurle Mme Rancier. Vous n'avez donc pas lu le chapitre 1?! »

Georges et Harold ramassent leurs affaires et s'assoient dans l'antichambre de M. Bougon.

« M. Bougon est au téléphone, explique la secrétaire, Mme Empeine. Tiens! Essayez donc de vous rendre utiles et copiez-moi la *Note du vendredi*. Vous pouvez la distribuer à toutes les classes pendant mon heure de dîner. »

« Oh nooon! » gémit Georges.

« Arrête de chialer! crie la secrétaire. Je veux que ce soit fait avant que je revienne, sinon vous allez tous les deux le regretter. » Mme Empeine empoigne son manteau et part en coup de vent.

École primaire Jérôme-Hébert
Note du vendredi
Programme
de la semaine prochaine :

Lundi
RÉPÉTITION DE LA FANFARE ANNULÉE
La répétition est annulée pour cause
de désamiantisation du gymnase.

Mardi
JOURNÉE DE LA FIERTÉ JÉRÔME-HÉBERT
Montrez votre fierté en arborant les couleurs
de l'école : le gris pâle et le gris foncé.

Mercredi
SÉLECTION DES MENEUSES DE CLAQUE
Toutes celles qui veulent devenir meneuses de claque
doivent suivre la consigne suivante :
1. Se réunir au gymnase après la classe
2. Connaître le slogan de l'école par cœur
3. Ne pas oublier de porter des espadrilles

Jeudi
ENTRAÎNEMENT DE FOOTBALL
Tous les joueurs de football doivent se rendre
au champ de soccer pour l'entraînement –
pour aujourd'hui uniquement.
Séance de motivation : 15 h 15 au gymnase.

Vendredi
**SÉANCE DE PHOTOS POUR
L'ALBUM DES FINISSANTS**
(Tenue convenable de rigueur)
Tous les élèves qui feront
des grimaces iront en retenue.

Georges et Harold lisent la *Note du vendredi*. C'est le bulletin hebdomadaire qui annonce les activités de la semaine suivante.

« Eh! propose Georges. Mme Empeine a laissé son ordinateur allumé. Et si on modifiait un peu son bulletin? »

« Pourquoi pas? »

Note du vendredi
Programme
de la semaine prochaine :

Lundi
JOURNÉE DE CONGÉ
En raison du manque d'intérêt des élèves,
les classes ont été annulées pour la journée.

Mardi
JOURNÉE NATIONALE DU PORT DU PYJAMA
ET DES DOIGTS DANS LE NEZ
Fêtez en portant votre pyjama à l'école
et en vous mettant les doigts dans le nez.

Mercredi
SÉLECTION DES MENEUSES DE CLAQUE
Toutes celles qui veulent devenir meneuses de claque
doivent suivre la consigne suivante :
1. Manger au moins dix gousses d'ail cru
2. Se dessiner une moustache au marqueur permanent
3. Se poser sur la tête un vieux sandwich aux œufs
   et le coller au ruban adhésif

Jeudi
ENTRAÎNEMENT DE FOOTBALL
Tous les joueurs de football doivent se rendre
au salon des professeurs pour l'entraînement.
« Lance-bouffe » à 12 h 15 à la cafétéria

Vendredi
SÉANCE DE PHOTOS POUR
L'ALBUM DES FINISSANTS
(Costume de bourdon obligatoire)
Celui qui fait la grimace la plus drôle gagne
un dîner-pizza gratuit pour toute sa classe.

Georges et Harold tapent leur propre
version de la *Note du vendredi* de l'école
primaire Jérôme-Hébert. Puis ils impriment
des exemplaires pour tous les élèves de l'école.

34

CHAPITRE 6
LA CARTE DE RETRAITE

Georges et Harold sont en train de faire de petites
piles de la *Note du vendredi* – nouvelle et
améliorée – lorsque M. Bougon revient dans son
bureau.

« Hé! crie-t-il. Qu'est-ce que vous faites ici,
espèces de chenapans? »

« Mme Empeine nous a demandé de distribuer
la *Note du vendredi* à toutes les classes », répond
innocemment Georges.

« Ça va, mais ne traînez pas! » rugit le
directeur.

Tout à coup, Harold a une idée lumineuse.
Il tend à M. Bougon la feuille de bricolage que
Mme Rancier lui a remise plus tôt.

« Eh, M. Bougon, pouvez-vous signer cette
carte pour la retraite de Mme Rancier? »

M. Bougon prend la carte que lui tend
Harold et l'examine d'un œil méfiant.

« Mais il n'y a rien d'écrit dessus! » grogne
le directeur.

« Je sais, répond Harold. Notre classe va la
décorer plus tard. On voulait que vous soyez le
premier à la signer. »

« Dans ce cas-là, c'est d'accord », consent M. Bougon. Il ouvre la carte, y appose sa signature et sort précipitamment de la pièce.

« Qu'est-ce que tu vas en faire? » demande Georges.

« Tu verras », répond Harold en souriant.

CHAPITRE 7
PSYCHOLOGIE INVERSÉE

Georges et Harold distribuent la *Note du vendredi* et retournent dans la classe juste à temps pour la fête donnée en l'honneur de Mme Rancier. Georges intervertit en vitesse les lettres du panneau à côté de la porte, tandis qu'Harold écrit la carte destinée à Mme Rancier et la glisse dans l'enveloppe.

ADIEU
TRÈS, TRÈS CHÈRE
MADAME RANCIER
ON NE VOUS
OUBLIERA
JAMAIS

« HÉ, LES ENFANTS! rugit le directeur qui passait par là. Qu'est-ce que vous fabriquez là, pour l'amour du ciel? »

« On va à la fête donnée en l'honneur de Mme Rancier », dit Georges.

« C'est ce que tu crois, mon ami! répond M. Bougon. Mme Rancier m'a montré la bande dessinée que vous avez faite sur elle. Et maintenant, je vous prends à l'insulter encore! Vous n'allez pas à la fête, vous allez DIRECTEMENT à la salle de retenue. »

« OK, dit Harold. Dans ce cas-là, on ne donnera pas à Mme Rancier la carte que la classe a faite pour elle. »

M. Bougon saisit la carte avec promptitude.

« Ha ha! crie-t-il. Je vais m'assurer qu'elle la reçoit. Je vais la lui donner en *MAINS PROPRES*. »

« Oh nooon! » gémit Harold.

Georges et Harold se rendent à la salle de retenue.

« Wow, dit Georges. Je suis impressionné par la façon dont tu t'y es pris pour que M. Bougon remette lui-même la carte. »

« J'ai fait appel à la psychologie inversée », déclare Harold.

« Il faudrait bien que j'essaie ça une bonne fois, commente Georges. À propos, qu'est-ce que tu as écrit sur la carte destinée à Mme Rancier? »

« Ah! Tu verras », dit Harold en souriant.

CHAPITRE 8
LA FÊTE

La fête est mal partie et ne fait qu'aller de mal en pis. Premièrement, Mme Rancier oblige la classe à chanter une chansonnette en son honneur. Quand elle a fini de crier après les garçons sous prétexte qu'ils faussent, la crème glacée aux brisures de tofu est déjà toute fondue.

Ce qui n'empêche pas Mme Rancier de les forcer à la manger quand même.

Les enfants remettent leurs cartes à
Mme Rancier. Elle détruit plusieurs cartes en
voyant que certains enfants ont dessiné des
pois sur les papillons. Elle met au coin un
malheureux garçon qui a commis la faute de
dessiner un soleil souriant sur la carte.

Enfin, M. Bougon remet à Mme Rancier la
carte qu'il a arrachée à Harold.

« J'ai remué ciel et terre pour vous
remettre cette carte », déclare M. Bougon
galamment.

Mme Rancier ouvre l'enveloppe et lit la carte à haute voix.

« Tu es la poupée de mes rêves », lit-elle d'un ton scandalisé.

« Yeueueueurk! » s'écrient les enfants.

Elle ouvre la carte et lit le texte à l'intérieur :
« Veux-tu m'épouser? Abélard Bougon »
« Yeueueueueueueueueurk! » s'écrient les
enfants. Les professeurs en ont le souffle coupé.
Un silence de mort se fait entendre. Mme Rancier
se tourne vers M. Bougon qui est maintenant
d'un beau rouge brique et sue comme un porc.

Il essaie de dire un mot. Il essaie de lui dire
que ce n'est qu'un malentendu. Il essaie de dire
quelque chose, mais tout ce qu'il arrive à
proférer, c'est : « Agaga-ga-ga-go-go-gu-gu-gu ».

« Eh bien! Félicitations! déclare M. Cruèle
en tapotant l'épaule du directeur, maintenant pris
de sueurs froides.

« FÉLICITATIONS, les amoureux! crie
Mme Empeine. Ce sera le plus beau mariage
du monde! On pourrait le célébrer ici à l'école,
samedi de la semaine prochaine. Je vais tout
préparer. Vous n'aurez pas à lever le petit doigt. »

« Euuh... merci... vous... vous êtes trop
bonne », déclare Mme Rancier, qui a l'air furieuse
et surprise.

« Agaga-ga-ga-go-go-gu-gu-gu », marmonne
M. Bougon.

CHAPITRE 9
UNE SEMAINE DE FOU

La semaine suivante à l'école primaire Jérôme-Hébert est sans conteste l'une des plus bizarres depuis longtemps. Par exemple, aucun élève ne s'est présenté en classe lundi. Or, M. Bougon ne semble même pas le remarquer.

« Eh, où est passé tout le monde aujourd'hui? » demande M. Paillasson.

« Agaga-ga-ga-go-go-gu-gu-gu », répond M. Bougon.

Mardi, tout le monde arrive à l'école en pyjama!

« Pourquoi est-ce que tout le monde se met les doigts dans le nez? » demande Mlle Grisehumeur.

« Agaga-ga-ga-go-go-gu-gu-gu », répond M. Bougon.

Mercredi, pour une raison inconnue, toute
l'école sent l'ail et les sandwichs aux œufs pourris
(les filles surtout).

« Dieu que la mode est bizarre de nos jours »,
affirme Mme Fildefer.

« Agaga-ga-ga-go-go-gu-gu-gu », répond
M. Bougon.

Jeudi est, sans nul doute, un fiasco total.

« Tout le monde se lance de la bouffe à la cafétéria, gémit M. Moustachu. Et l'équipe de football est en train de détruire le salon des professeurs. »

« Agaga-ga-ga-go-go-gu-gu-gu », commente M. Bougon.

Personne n'est certain de ce qui est arrivé vendredi. Il semble qu'il y ait eu un malentendu dans le code vestimentaire exigé et les photos de l'album des finissants.

« Les photos sont un désastre! » s'écrie Mme Valkyrie.

« Agaga-ga-ga-go-go-gu-gu-gu », commente M. Bougon.

Oui, c'est vraiment une semaine de fou. Mais le Grand Jour est pour demain... et c'est là que la semaine de fou va devenir une semaine de pure TERREUR.

CHAPITRE 10
LE GRAND JOUR

On est aujourd'hui samedi, jour des noces de
M. Bougon et de Mme Rancier. Fidèle à sa
promesse, Mme Empeine s'est occupée de tout.
En une semaine, elle a transformé le gymnase
en une magnifique salle de noce, remplie de
nourriture et de décorations – dont une statue de
glace de deux mètres de haut.

Tous les enfants portent leur habit du
dimanche. (Même Harold porte une cravate!)

« Je ne peux pas croire qu'on est obligés
d'aller à l'école un SAMEDI! » se plaint Georges.

« Je sais, sympathise Harold. Ils n'auraient pas
pu se marier lundi pendant l'examen de maths? »

L'organiste se met à jouer. Le rabbin s'approche de l'autel. Il reconnaît Georges et Harold, et s'arrête pour leur glisser deux mots.

« J'ai beaucoup entendu parler de vous, les avertit le rabbin. Et je ne tolérerai pas que vous perturbiez le déroulement des noces par l'une de vos manigances. »

« Mais voyons, Monsieur le Rabbin, proteste Georges. On n'est plus des enfants. »

Crois-le ou non, Georges et Harold n'ont prévu aucun bon tour pour l'occasion! Ils n'ont ni fleurs piégées qui arrosent les gens ni coussin péteur. Aujourd'hui, ils sont sages comme des images. Rien ne peut aller de travers.

La mine grise et l'œil morne, Mme Rancier et M. Bougon se tiennent tous deux devant le rabbin. Le rabbin demande à M. Bougon s'il accepte de prendre Mme Rancier pour épouse.

« Agaga-ga-ga-go-go-gu-gu-gu », répond le directeur.

Le rabbin demande à Mme Rancier si elle accepte de prendre M. Bougon pour époux.

Sa réponse se fait attendre. Tous les invités se penchent vers l'avant. Mme Rancier jette des regards nerveux de tous côtés.

Elle finit par crier d'une voix de stentor : « NOOOOOOOOOOON! »

Mme Rancier se tourne vers le directeur,
lui enfonce le doigt dans l'épaule et lui dit :
« Écoute, Bougon, je NE VEUX PAS t'épouser! »

« Hourra!... euh, je veux dire... quel dommage! »
déclare M. Bougon.

« Tu es un homme méchant et cruel. Je respecte
ça. Le problème, c'est que... euh... »

« Quoi? » demande le directeur.

« C'est ton nez! déclare l'institutrice. Il est tellement ridicule. Je n'ai jamais vu un nez aussi ridicule. Je ne peux pas épouser un homme qui a un nez aussi laid. »

M. Bougon se met en colère. « Tant mieux!
hurle-t-il. Je ne veux pas t'épouser non plus. C'est
la faute à Georges et Harold. C'est eux qui nous
ont roulés. »

Tout le monde se tourne soudainement vers
Georges et Harold.

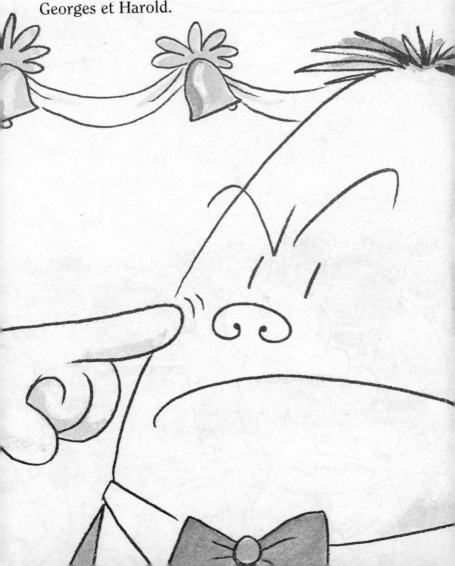

« Sauve-qui-peut! » s'écrie Georges.

CHAPITRE 11
LES RAFRAÎCHISSEMENTS

Georges et Harold prennent leurs jambes à leur cou. Derrière eux, ils entendent résonner les lourdes bottes cloutées de la mariée qui se rapproche peu à peu.

« JE VAIS FAIRE DE LA CHAIR À PÂTÉ DE CES SATANÉS GAMINS! » rugit Mme Rancier.

Georges et Harold s'élancent en hurlant vers l'arrière de la salle, où sont disposés les rafraîchissements, et se cachent derrière deux grands piliers de bois.

Mme Rancier s'approche des piliers et les saisit de ses mains puissantes. En poussant un effroyable rugissement, elle fait tomber le pilier de droite qui atterrit sur l'arrière de la table où l'on a mis la nourriture. L'avant de la table monte haut dans les airs... et la nourriture aussi!

CRAC

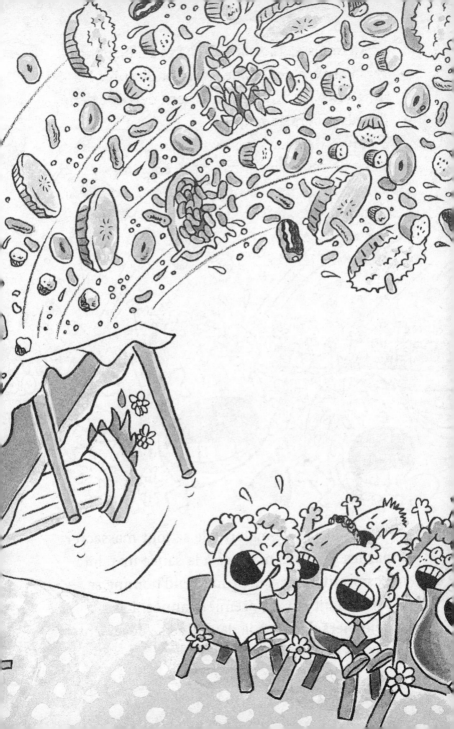

Les élèves de maternelle se font massacrer
par les marrons marinés à la sauce matelote.
Les profiteroles à la prune Prud'homme se
précipitent sur les première année. Les
déjeuners d'œufs à la dauphine se déversent
sur les deuxième année.

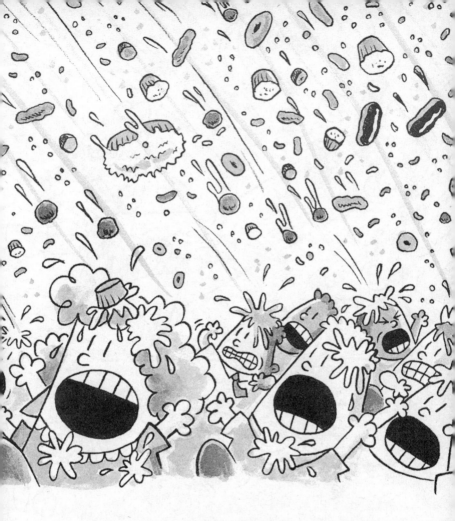

Les troisième année se font bombarder par
le Triomphe des truites à la trifluvienne. Une
cascade de casseroles aux cassis catalans s'abat
sur les quatrième année. Et les cinquième
année se font marteler par cinquante saints
citrons à la Saint-Siméon.

Tu dois t'être rendu compte, cher lecteur, que les invités n'ont rien à boire pour accompagner tous les plats que Mme Rancier leur a si gentiment « passés ». Ne t'en fais pas : le deuxième pilier est là pour ça. Mme Rancier fait tomber le deuxième

pilier dans les fruits. Deux énormes melons d'eau
s'abattent dans deux gigantesques bols à punch.
Le résultat ne se fait pas attendre : deux raz-de-
marée de punch aux fruits tropicaux déferlent sur
la tête des invités.

Mais, qui dit mariage dit gâteau de
mariage. Quand Mme Rancier renverse la
statue de glace d'un solide coup de pied, elle
fait monter le gâteau à deux étages haut, haut
dans les airs, juste au-dessus de sa tête.

« AH! JE VOUS TIENS ENFIN! » rugit-elle en attrapant Georges et Harold par la cravate.

FLOC

Georges et Harold défont leur cravate et détalent en direction du gymnase en poussant des cris d'effroi.

« Ouf! On l'a échappé belle! » s'écrie Harold.

« Voilà ce qui arrive quand on va à l'école le samedi », déclare Georges.

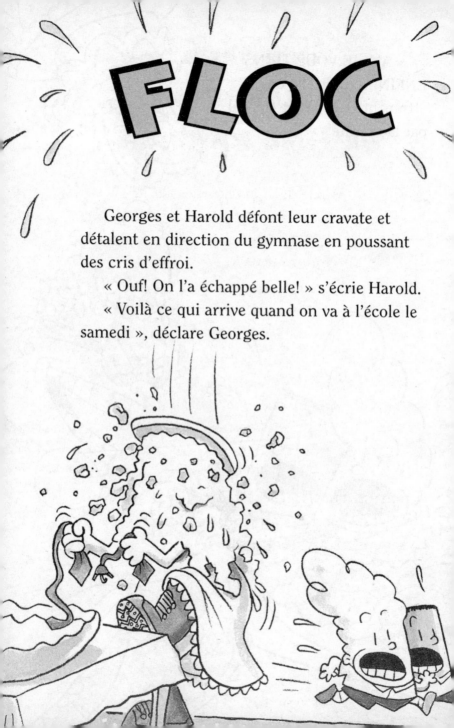

CHAPITRE 12
LA REVANCHE
DE MME RANCIER

Comme tu peux le deviner, Georges et Harold
sont plutôt nerveux à l'idée de retourner à l'école
le lundi suivant. Mais, pour une raison qu'ils
ignorent, Mme Rancier semble contente de
les voir.

« Bonjour, les enfants, dit Mme Rancier en
arborant un large sourire diabolique. Venez par ici.
J'ai quelque chose à vous montrer. »

« Oh oh! s'inquiète Georges. Elle nous sourit.
Ce n'est sûrement pas bon signe, ça! »

Georges et Harold s'approchent avec précaution
du bureau de Mme Rancier.

« J'ai pris la liberté de rectifier vos notes la fin
de semaine dernière, déclare-t-elle. Vous serez
heureux d'apprendre que tous vos B et vos C ont
été remplacés par des F et des G. »

« Oh NON! s'écrie Georges. Pas F et G! Eh là! Je n'ai jamais entendu parler de la note G! »

« C'est la seule note en dessous de F! » répond Mme Rancier.

« Eh! Ça n'existe pas comme note! » proteste Harold.

« Ça existe à partir de maintenant! rétorque l'institutrice. On dirait que vous allez avoir la chance de REDOUBLER votre QUATRIÈME ANNÉE! Ce n'est pas une bonne nouvelle, ça, les amis? »

« Eh! proteste Georges. Ce n'est pas juste! »

« La vie n'est pas juste, explique Mme Rancier. Autant t'y faire à ton âge! »

CHAPITRE 13
UNE MAUVAISE IDÉE

Assis dans leur maison dans l'arbre, Georges et Harold passent l'après-midi à panser leurs plaies.

« Elle ne peut pas s'en tirer comme ça, déclare Georges. Il faut le dire à quelqu'un. »

« Personne ne voudra nous croire », se plaint Harold.

« Dans ce cas-là, il ne nous reste qu'une chose à faire », affirme Georges en ouvrant le tiroir de la table à dessin et en écartant les sous noirs, les trombones, les élastiques et les boulettes de papier mâché séchées. Il trouve enfin un anneau en plastique recouvert de poussière et de gomme. L'Anneau hypnotique 3-D!

« Oh non! s'écrie Harold. Je croyais qu'on avait jeté ce fichu machin à la poubelle. »

« Ce qu'on a jeté, c'est le mode d'emploi, explique Georges. Mais je me rappelle comment ça marche. »

« Tu ne te souviens pas de ce qui est arrivé LA DERNIÈRE FOIS? » demande Harold.

« Bien sûr! répond Georges. Mais on n'était pas sérieux la dernière fois. Cette fois-ci, on ne fera pas d'erreur. Tout ce qu'on va faire, c'est de lui demander de nous redonner nos anciennes notes. C'est tout! »

« Es-tu sûr de savoir ce que tu fais? interroge Harold. Je ne suis pas certain que ce soit une bonne idée. »

« Pire que de REDOUBLER la quatrième année? » demande Georges.

« OK, tu as raison », admet Harold.

CHAPITRE 14
LE RETOUR DE L'ANNEAU HYPNOTIQUE 3-D

Le lendemain, à l'école, Georges et Harold restent dans la classe pendant que le reste des élèves sortent pour la récréation.

« Qu'est-ce que vous faites encore là, espèces de petits chenapans? » demande Mme Rancier.

« Euuuuuuuh, commence Georges nerveusement. On a un nouvel anneau et on voulait juste vous le montrer. »

« Si vous le regardez attentivement, vous verrez une image amusante », ajoute Harold.

« Dans ce cas-là, il faut que tu arrêtes de remuer la main », déclare l'institutrice.

« Il faut que j'aille d'avant en arrière, dit Georges, sinon vous ne verrez pas l'image. »

Mme Rancier suit l'anneau des yeux... En avant et en arrière... en arrière et en avant... en avant et en arrière... en arrière et...

« Vos paupières sont lourdes », suggère Georges.

« Trèèès lourdes », ajoute Harold.

Mme Rancier se met à bâiller. Ses paupières s'affaissent.

« Mes paupièèèères sont louourdes », dit-elle en fermant lentement les yeux.

« Je vais faire claquer mes doigts dans quelques instants, déclare Georges. Vous tomberez alors dans un profond sommeil. »

« Lourrrrrrrrdes... lourrrrrrrrrdes... », marmonne Mme Rancier.

CLAC!

« OK, maintenant, écoutez attentivement ce que je vais... »

CHAPITRE 14 ½
NOUS INTERROMPONS CE CHAPITRE POUR VOUS TRANSMETTRE CE COMMUNIQUÉ IMPORTANT

« Bonjour, ici *La virgule*, avec Bouton d'or Lézard-Grippesou… euh, je veux dire Cécile Galibois. Nous venons d'apprendre qu'un incident tragique s'est produit dans la Mauricie.

« La police vient de fermer la société *Les Produits ACME*, à Saint-Profond-des-Creux. Il semble que cette compagnie ait vendu de très dangereux Anneaux hypnotiques. Voici maintenant les détails en direct par satellite, avec Crotte-de-nez Cornichon-Zinzin, je veux dire Luis Veracruz. »

« Merci, Bouton d'or! dit Luis Veracruz. Dans tous les coins de la province, des enfants auraient hypnotisé leur famille et leurs amis avec l'Anneau hypnotique 3-D, et les résultats auraient été catastrophiques. Mais la pire nouvelle, c'est
l'effet que l'anneau aurait sur les femmes.

« Il semble que l'anneau ait un effet inverse sur les femmes qui font le CONTRAIRE de ce qu'on leur demande.

« Les médecins ne savent pas pourquoi l'anneau a un effet inverse sur les femmes, mais ils mettent la population en garde contre ses dangers. Si vous ou l'un de vos proches avez acheté un Anneau hypnotique 3-D, jetez-le sur-le-champ. Et surtout, NE L'UTILISEZ PAS SUR UNE FEMME! »

CHAPITRE 14 ³/₄
NOUS RETOURNONS MAINTENANT À NOTRE CHAPITRE EN COURS

« ... Vous nous redonnerez nos anciennes notes lorsque nous ferons claquer nos doigts », poursuit Georges.

« C'est ça! ajoute Harold. Et ne faites rien de stupide comme de vous transformer en Mme Culotte! »

« Et n'essayez pas de détruire le capitaine Bobette, dit Georges, ou de conquérir le monde. »

« Ouais! conclut Harold. Changez seulement nos notes. C'est tout. »

Georges et Harold se jettent des regards
nerveux.

« Euuh, dit Georges. Je crois qu'on n'a rien
oublié. »

« Oui, approuve Harold. Je crois que nos
problèmes avec Mme Rancier sont finis. »

Les deux garçons font claquer leurs doigts.

CLAC!

81

CHAPITRE 15
C'ÉTAIT PENDANT L'HORREUR D'UNE PROFONDE NUIT

Cette nuit-là, Harold et Georges campent dans la maison dans l'arbre chez Georges.

« Je dois reconduire ta mère au bureau tôt demain matin, dit le père de Georges. Je m'attends donc à ce que vous soyez assez responsables pour arriver à l'heure à l'école. »

« OK, papa », répond Georges.

« On sera là de bonne heure, M. Barnabé », ajoute Harold.

La journée a été bien remplie pour Georges et
Harold. Il est maintenant l'heure de se détendre.
Georges déroule les sacs de couchage, pendant
qu'Harold ouvre une boîte de beignes au
chocolat, quatre canettes de soda mousse à
l'orange et un grand bol de croustilles barbecue.
Et crois-le ou non, il y a même un bon film de
monstres japonais à la télé.

« Ce n'est pas la vraie vie, ça, hein? »
s'enthousiasme Georges.

« Oui, approuve Harold. Penses-tu que
l'Anneau hypnotique 3-D a marché? Mme Rancier
avait l'air un peu bizarre après être sortie de sa
transe. »

« Aaah, j'imagine qu'elle s'endormait, propose
Georges. Les enseignants sont toujours très
stressés, tu sais. »

« Je me demande bien pourquoi... », dit
Harold.

83

Après le film, Georges et Harold enlèvent les miettes qui se trouvent sur leurs sacs de couchage et se mettent au lit.

« Et si on dormait tout habillés? propose Georges. Comme ça, on n'aura pas besoin de se lever tôt demain matin pour s'habiller. »

« Bonne idée! » approuve Harold.

Georges éteint la lumière. Les deux garçons dorment bientôt d'un sommeil profond. Après quelques minutes, Harold se réveille en sursaut, s'assoit et regarde autour de lui.

« Hé! chuchote-t-il. C'est quoi ce bruit? »

« Je n'ai rien entendu », répond Georges.

Ils écoutent attentivement.

« Chut! ordonne Harold. Je l'entends encore. »

Georges entend le bruit cette fois-ci. Il se lève et entrouvre la porte. On n'entend que le chant des grillons dans la nuit. Georges ouvre la porte plus grand et les deux garçons jettent un coup d'œil à l'extérieur.

« AAAAAH! » rugit une effroyable femme
vêtue d'une tunique collante violette et d'un
boa miteux en similifourrure.

Georges et Harold poussent un cri
d'horreur.

L'horrible femme est parvenue à leur
maison en grimpant l'escalier. Georges et
Harold la reconnaissent immédiatement à la
lueur de la lune.

« Mme Rancier! dit Georges en haletant. Quel… euh, joli costume vous portez là! »

« Qui est cette Mme Rancier? répond l'effroyable femme. Je m'appelle Mme Culotte. »

Les deux garçons se regardent. Ils ont soudain la gorge sèche.

« Je crois savoir que vous connaissez le capitaine Bobette », dit-elle.

« Pourquoi croyez-vous ça? » demande Harold.

« J'ai lu vos bandes dessinées, déclare Mme Culotte. Vous connaissez ses forces et ses faiblesses, et je suis sûre que vous connaissez même son IDENTITÉ SECRÈTE! »

« Pas du tout! proteste Georges. Le capitaine Bobette n'est pas réel, c'est juste un personnage de bandes dessinées. »

« C'est ce qu'on va voir », ricane Mme Culotte.

Mme Culotte saisit Georges et Harold par le bras.

« Et maintenant, qu'est-ce qu'on fait? » s'écrie Harold.

« Ne t'en fais pas, dit Georges. C'est un adversaire à notre taille. Ce n'est pas comme si elle avait des super-pouvoirs. »

CHAPITRE 16
CE N'EST PAS COMME SI ELLE AVAIT DES SUPER-POUVOIRS

La bataille qui suit sera sans doute considérée par les historiens de l'avenir comme l'événement le plus malheureux qui se soit produit dans l'histoire de l'humanité.

Georges échappe à Mme Culotte. Puis c'est le tour d'Harold. Mme Culotte s'élance à leur poursuite. Georges se met en boule derrière elle. Il suffit alors d'une poussée d'Harold pour la faire basculer vers l'arrière.

Sa tête heurte le mur. *BOUM!* L'étagère située au-dessus d'elle s'ébranle et une boîte de jus d'apparence bizarre se renverse. Un filet de jus vert brillant se déverse alors sur la coiffure montante de Mme Culotte.

« NOOON! s'écrie Harold. C'est le jus qui
provient du vaisseau spatial de notre troisième
livre! »

« Celui qui porte un nom interminable? »
demande Georges.

« C'est ça! confirme Harold. Le JUS POUR
SUPERPOUVOIRS EXTRAFORT! Et il y en a
beaucoup dans ses cheveux! »

« Ce n'est pas grave, le rassure Georges. Elle
n'en a pas avalé. Qu'est-ce qui pourrait arriver
de pire? Que sa coiffure ait des superpouvoirs? »

« J'imagine que tu as raison, dit Harold. Ça
n'aurait aucun sens, même dans l'une de nos
aventures. »

« Tu sais, c'est plutôt drôle quand on y
pense », dit Georges.

Tout à coup, deux bras extensibles formés de cheveux sortent de la tête de Mme Culotte et saisissent Georges et Harold par les bobettes. Ils tiennent les deux garçons haut dans les airs.

« Tu sais, soupire Georges, ce n'est pas si drôle que ça, après tout. »

CHAPITRE 17
FICELÉS COMME DES SAUCISSONS

Mme Culotte amène Georges et Harold chez elle et les ficelle solidement sur deux chaises.

« Révélez-moi l'identité secrète du capitaine Bobette », rugit-elle.

« Nooon! » répond Georges.

« Ah! dit Mme Culotte. Vous voulez jouer aux durs. Moi aussi, je sais jouer. »

La chevelure de Mme Culotte commence à se dérouler. Ses cheveux s'étendent jusque dans le salon et se mettent à démonter le téléviseur, l'ordinateur et le Thighmaster[MD].

D'autres pénètrent dans la cuisine et défont le lave-vaisselle, le four grille-pain et la déshydrateuse à aliments Ronco^{MC}.

« Qu'est-ce que vous faites? » demande Harold.

« Pour faire des robots, réplique Mme Culotte, il faut briser deux ou trois appareils électroménagers. »

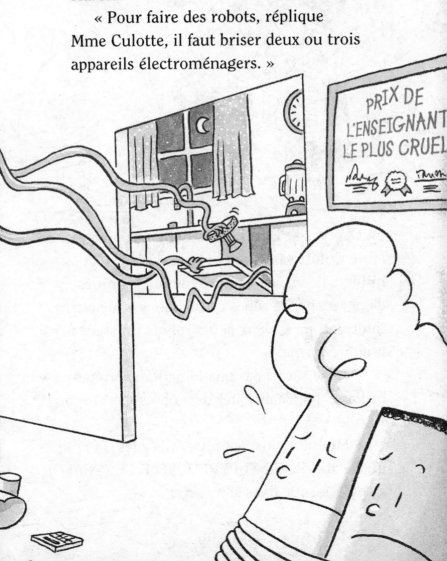

PRIX DE L'ENSEIGNANT LE PLUS CRUEL

Georges et Harold regardent avec impatience
Mme Culotte assembler avec ses cheveux des
milliers de vis, de boulons, de fils, de roues
d'engrenage, de tubes cathodiques et de puces
informatiques. Deux petits robots finissent par
prendre forme.

« Je ne savais pas que Mme Rancier était assez
brillante pour fabriquer des robots », s'étonne
Harold.

« Moi non plus, approuve Georges. Je crois
que le JUS POUR SUPERPOUVOIRS EXTRAFORT
a coulé jusque dans son cerveau. »

Le lendemain matin, Mme Culotte a terminé ses robots qu'elle a baptisés « Robo-Georges » et « Harold 2000 ».

« Tu sais, suggère Harold, ces robots ont un visage familier. »

« Oui, approuve Georges, ils nous ressemblent un peu, mais ils ne sont pas aussi incroyablement beaux. »

Mme Culotte ouvre la poitrine des robots et y introduit une canette d'amidon en vaporisateur. Elle ferme ensuite les poitrines, tapote la tête des robots et les envoie à l'école. « Le capitaine Bobette n'a aucune chance de s'en tirer contre mes armes diaboliques », ricane la cruelle Mme Culotte.

« Je ne comprends pas comment ces deux
robots vont arrêter le capitaine Bobette », se
demande Harold.

« Tout ce qu'ils ont à faire, c'est d'attendre
et d'écouter, dit Mme Culotte. Dès qu'ils
entendront les mots " Tra-la-la-laaa!!! ", ce sera
la fin du capitaine Bobette. »

CHAPITRE 18
ROBO-GEORGES ET HAROLD 2000

« Attention, les enfants! annonce M. Bougon
à la classe de quatrième année. Votre institutrice,
Mme Rancier, ne s'est pas présentée à l'école
aujourd'hui. »

« Hourra! » crient les enfants.

« Du calme! hurle M. Bougon. Les cours
auront lieu quand même. »

« Oooooh! » gémissent les enfants, déçus.

« C'est un suppléant qui va vous faire la
classe », proclame M. Bougon.

« Hourra! » crient les enfants.

« C'est moi, le suppléant! » déclare le
directeur.

« Oooooh! » gémissent les enfants, déçus.

La journée se déroule normalement,
à l'exception d'une seule chose : M. Bougon
n'arrive pas à comprendre pourquoi Georges
et Harold sont aussi sages aujourd'hui.

Ils ne font pas de bruits bizarres pendant les
cours de science, ils ne se mettent pas de crayon
dans le nez pendant le cours d'arts plastiques et
ils ne font pas de bandes dessinées pendant le
cours de maths. En fait, ils sont même passés
devant un babillard sans en intervertir les lettres.
M. Bougon n'en croit pas ses yeux.

« Écoutez, vous deux! rugit M. Bougon. Je sais
très bien que vous avez une idée derrière la tête.
Si vous n'arrêtez pas d'être aussi sages, vous allez
avoir de GROS ENNUIS. »

DÎNER D'AUJOURD'HUI
BŒUF GÉNÉTIQUEMENT
MODIFIÉ À SAVEUR
DE VIANDE
AVEC HORMONES DE
CROISSANCE BOVINES

Mais Robo-Georges et Harold 2000 continuent d'être sages. Le seul moment où ils commettent une faute, aussi mineure soit-elle, c'est pendant la partie de kickball à la récréation. Quand Harold 2000 frappe le ballon, celui-ci part comme une fusée.

KA-BONG!

Le ballon passe à travers le haut de la page 101, disparaît dans la stratosphère, échappe à la gravité terrestre et se dirige droit sur Uranus.

« A-HA! exulte M. Bougon en consultant le règlement officiel de l'école, dont il lit la règle 411 à haute voix : "Il est interdit d'envoyer les biens de l'école dans l'espace intersidéral!" Cette fois-ci, je vous tiens, mes chenapans! »

Mais Harold 2000 ne tient pas compte des
avertissements du directeur et se met à courir
en direction des buts.

« Hé! s'écrie le directeur. C'est à toi que je
parle, Hébert! » Il montre Harold 2000 du doigt
et fait claquer ses doigts.

CLAC!

Tout à coup, M. Bougon commence à se métamorphoser. Arborant un large sourire stupide, il se dresse devant les élèves de quatrième année en prenant une pose héroïque. Il se retourne soudainement et court en direction de l'école.

CHAPITRE 19
LE CÔTÉ OBSCUR
DE L'AMIDON

Quelques minutes plus tard, le capitaine Bobette passe en volant par la fenêtre du bureau de M. Bougon. Il pousse un « Tra-la-la-laaa!!! » triomphant en sillonnant le ciel.

À ce cri, Robo-Georges et Harold 2000 cessent immédiatement de jouer au kickball. Leurs bras et leurs jambes s'étirent rapidement et ils atteignent bientôt la taille d'un gratte-ciel.

Tra-la-la-laaa!!!

Leur torse devient de plus en plus grand. D'étranges compartiments secrets s'y ouvrent et révèlent de gigantesques propulseurs-fusées et une technologie aérienne dernier cri. Leurs structures complexes prennent des proportions invraisemblables et des panneaux d'acier grandissent à un rythme effréné sur leur visage et leur corps.

Des flammes jaillissent soudainement de leurs rétrofusées et ils s'envolent haut dans les airs. En moins de temps qu'il n'en faut pour le dire, les deux robots s'élancent à la poursuite du capitaine Bobette.

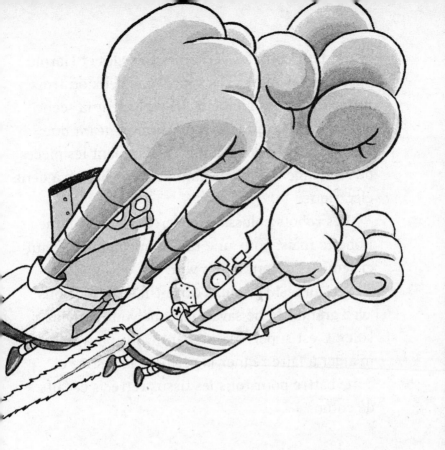

« Georges et Harold vont avoir de GROS problèmes cette fois-ci », commente Louis Labrecque en lisant à haute voix la règle 7734 du règlement officiel de l'école : « Il est interdit aux élèves de se transformer en robots volants géants pendant la récréation de l'après-midi. »

De leur côté, les véritables Georges et Harold éprouvent de plus gros soucis que deux ou trois infractions au règlement. Ils regardent la scène à la télé, grâce au téléviseur à écran géant que Mme Culotte a construit en assemblant les pièces de rechange d'un aquarium et d'une brosse à dents électrique.

Les robots colossaux encerclent le capitaine Bobette mais, pour une raison quelconque, celui-ci semble content de les voir.

« Georges! Harold! s'écrie-t-il. Comme vous avez grandi! Je ne savais pas que vous pouviez voler. C'est super! Maintenant, vous pouvez m'aider à faire régner la vérité et la justice et à me battre pour tous les tissus rétrécis et faits de coton. »

Mais les robots géants ne répondent pas. Ils font du surplace en silence à côté du capitaine. Leurs plaques d'acier s'ouvrent et laissent passer deux bras en accordéon qui se mettent à asperger le capitaine d'amidon liquide.

« Que... Qu'est-ce que vous faites? crie le capitaine Bobette. Mais c'est de l'AMIDON EN AÉROSOL! C'est la seule chose au monde qui peut supprimer mes superpouvoirs! »

Le capitaine Bobette pousse des cris d'effroi
en tombant. Mais Robo-Georges descend en piqué,
saisit notre héros par le caleçon et le suspend à un
poteau qui monte très haut au-dessus de la rue.

CHAPITRE 20

EST-CE LA FIN
POUR NOS HÉROS?

« Hourra! crie Mme Culotte en éteignant son nouveau téléviseur. Mon plan a marché. Il est maintenant temps de conquérir le monde. »

« Et nous? » s'inquiète Harold.

« N'ayez crainte, répond Mme Culotte. J'ai une belle surprise pour vous deux. » Elle prend une lourde hache de guerre et l'attache avec une corde. Puis elle incline la hache dans la direction de Georges et d'Harold et allume une bougie sous la corde.

« Lorsque la flamme aura consumé toute la corde, déclare Mme Culotte, vous en aurez fini avec vos problèmes. C'est clair? »

« Pas vraiment », répond Georges.

« Ne vous en faites pas, ricane-t-elle, ce sera clair bien assez vite. »

Mme Culotte éclate d'un rire démoniaque et s'élance dehors à la conquête du monde.

Georges et Harold regardent la flamme brûler la corde. Ils grincent des dents en voyant la hache fatidique se rapprocher d'eux peu à peu.

« Bon, déclare Georges, on dirait que c'est la fin. »

« Pas nécessairement, rétorque Harold. Peut-être que la lame tranchera nos liens en tombant et que nous nous en tirerons sains et saufs. »

« Mais voyons, commente Georges. C'est le genre de chose qui n'arrive que dans les récits d'aventures bidon. »

Tout à coup, la hache s'abat et tranche les liens, sans blesser Georges et Harold. Les deux garçons se regardent et décident de ne pas faire de commentaire.

POC

CHAPITRE 21
LA POLICE EST
PRISE AU POTEAU

Mme Culotte va à la rencontre de Robo-Georges et d'Harold 2000 au centre-ville. « Bravo, mes fidèles robots », dit-elle affectueusement.

« Eh! Qu'est-ce qui se passe ici? » demande un policier qui vient d'arriver sur les lieux.

« Euuh, rien, Monsieur l'agent! répond
Mme Culotte. Je ne fais que commencer à
CONQUÉRIR LE MONDE ENTIER! »

« Ah, OK! dit le policier. Hé! Minute, papillon! »
Mais, avant que l'agent puisse protester, les bras
extensibles de la chevelure de Mme Culotte le
saisissent par le fond de ses bobettes.

115

Le robot colossal Harold 2000 soulève
l'agent et le suspend à un panneau d'arrêt.

« Aïe, AYOYE! » hurle le policier.

Les policiers accourent de plus en plus
nombreux, mais ils subissent tous le même
sort que le premier agent de police.

Au bout de quelques moments, tous les policiers de la ville sont suspendus à des panneaux de signalisation.

« Appelez l'escouade de l'école! hurle le chef de police. Alertez les forces armées, avisez la gendarmerie, appelez un COIFFEUR! »

Bientôt, les forces armées arrivent, équipées d'une flotte complète de tanks et d'hélicoptères. Mais les soldats n'osent pas tirer. Mme Culotte est trop rapide pour eux.

Les robots géants parcourent la ville, le sol s'ébranlant sous leurs pas. « Tous les habitants de la Terre me doivent obéissance! rugit la cruelle Mme Culotte. Ceux qui refusent verront leurs bobettes en subir les conséquences. Ceux qui essaieront de m'arrêter seront traînés par leur fond de culotte. Prosternez-vous devant moi! Je suis LA REINE DES FONDS DE CULOTTE! »

Georges et Harold arrivent bientôt sur les lieux. Ils se cachent dans les buissons et contemplent la destruction de la ville.

« Il faut absolument qu'on vole à la rescousse du capitaine Bobette, murmure Georges. Il est le seul à pouvoir sauver le monde. »

« Mais comment? dit Harold à voix basse. Il n'a plus de superpouvoirs. »

« Mais oui, il en a! répond Georges. L'amidon ne lui enlève pas ses superpouvoirs. Il CROIT qu'il n'en a plus. C'est différent. Il faut le convaincre qu'il est encore un superhéros. »

« Ce n'est pas évident », commente Harold.

CHAPITRE 22
NON, CE N'EST PAS ÉVIDENT

Georges et Harold courent en direction du poteau où est suspendu leur héros au cœur brisé.

« Hé, capitaine Bobette! crie Harold. Il faut que vous descendiez de là et sauviez la ville. »

« Je pp... p... peux pas, gémit le capitaine. F... faut de l'assouplissant. »

« Non, vous n'avez PAS besoin d'assouplissant, proteste Georges. C'est juste une farce idiote dans l'un de nos albums. »

« Vous ne comprenez pas, dit le capitaine. L'amidon est l'ennemi des sous-vêtements. Seul l'assouplissant peut me sauver. »

« ZUT! jure Harold, dépité. Georges, est-ce qu'il y a des magasins dans le quartier? »

« Oui, répond Georges. Il y en a un qui vient d'ouvrir dans la rue Coin-Coin. »

« OK, allons acheter de l'assouplissant, propose Harold. Ça va être plus facile que d'essayer de raisonner avec lui. »

« Et en quoi ça va nous aider? » demande Georges.

« C'est dans sa tête, explique Harold. S'il croit que l'assouplissant va le sauver, eh bien, l'assouplissant risque de marcher. Je crois que ça s'appelle "effet placenta". »

Georges et Harold courent en direction de la rue Coin-Coin. « Comment s'appelle le magasin? » demande Harold.

« Je ne m'en souviens plus, répond Georges. Quelque chose comme " Tout sauf... " euuh... »

« Oh nooon! » gémit Georges.

« C'est la fin! » s'écrie Harold.

« Écoute, propose Georges. Il faut faire un autre album de bandes dessinées! »

« Maintenant?!?! » proteste Harold.

« C'est notre seul espoir, dit Georges.
Le sort de toute la planète est entre nos mains. »

Les deux garçons achètent du papier et des
crayons et se mettent au travail.

Vingt-deux minutes plus tard, Georges et
Harold ont créé une toute nouvelle aventure du
capitaine Bobette. Ils retournent au poteau où
il est suspendu et lui lancent le nouvel album.

« Ce n'est pas le moment de lire des bandes
dessinées », proteste-t-il.

« Contentez-vous de la lire », ordonne Harold.

« Vous pourriez apprendre quelque chose »,
ajoute Georges.

CHAPITRE 23
L'ORIGINE DU CAPITAINE BOBETTE

La véritable histoire!

de Georges Barnabé
et Harold Hébert

L'ORIGINE DU CAPITAINE BOBETTE

La <u>véritable</u> histoire

Texte : G. Barnabé et H. Hébert

Il y a très long temps jadisse dans une galle à skis très très loin...

... Il y avait une planette appelé Bobettus.

Bobettus était une planette passifique ou tout le monde portait seulment des calessons.

Ha ha! Je te voie la bobette!

Hé! Ta bobette dépasse!

Je n'ai pas de culotte!

Ha ha! Je voie la tienne!

Tu as dis culotte!

Ha ha!

Tout le monde aimait telment porté des calessons qu'ils ne se bataient jamais et ils ne se fesaient pas la guère non plus. C'était super.

N'eyé pas peur, ô mon peuple! Mon namulette magique vous protègera de l'amidon.

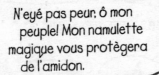

Vive le roi!

Mais il échape la namulette par axidant.

Oups!

La namulette tombe dans la bouche de son dernier-nez, le prince Bobette.

Gloup

Oh non! Il l'a avalée. Nous somme perdus!

C'est à se moment que les soldats d'Amidus vaporisent de l'amidon sur Bobettus.

A

Vaisseau Amidon

SSSSSSSSSSSSS

Bob VII et sa douce épouse savaient
que leur planette était perdue.
Ils décident dont de sauvé leur bébé.

Ils lui tirent le calesson et l'étende au maximome.

Puis ils le relache et
l'envoi dans l'espasse.

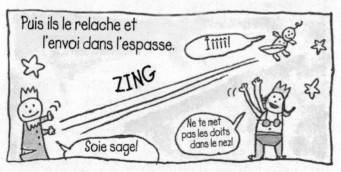

Il n'a plus eu peur de l'amidon (même si les robots de Mme Culotte long arrosé avec de l'amidon), parce que tout ce qu'il avait a faire pour se libéré, c'est de dire :

« J'INVOCQUE LA PUISSANCE DE BOBETTUS »

ALORS!? QU'EST-CE QUE VOUS ATTENDEZ POUR <u>PRONONCER LA FORMULE MAGIQUE?</u>

CHAPITRE 24
L'EFFET PLACENTA

« Wow! déclare le capitaine Bobette. Je ne savais pas que j'avais toujours eu le pouvoir de vaincre les effets maléfiques de l'amidon. »

« LA FORMULE MAGIQUE! » hurlent Georges et Harold.

« OK, dit le capitaine Bobette. Mais je crois que c'est une très belle métaphore sur... »

« LA FORMULE MAGIQUE! » hurlent Georges et Harold.

« OK d'abord! consent le capitaine Bobette. Mais tout ce que j'essaie de vous expliquer, c'est que... »

« LA FORMULE MAGIQUE! » hurlent Georges et Harold.

« Ah là là! gémit le capitaine. Vous ne comprenez absolument rien à l'élaboration d'un bon suspense. » Il s'éclaircit la gorge et dit d'une voix de stentor : « J'INVOQUE LA PUISSANCE DE BOBETTUS ».

Le capitaine s'élance soudainement dans les airs. Il est enfin libre!

Lorsque les robots s'en aperçoivent, Harold 2000 lance ses bras-fusées contre notre héros.

Le capitaine Bobette saisit les deux bras-robots géants et les retourne contre ses ennemis.

« Qui sait? Ils peuvent m'être utiles », déclare-t-il.

CHAPITRE 25
CHAPITRE D'UNE VIOLENCE EXTRÊME
(EN TOURNE-O-RAMA^MC)

AVERTISSEMENT :

Le chapitre suivant comporte
des scènes qui sont si violentes
que vous n'avez pas la permission
de les regarder.

Non, non, ce n'est pas
une plaisanterie.

NE LISEZ PAS LE CHAPITRE SUIVANT!
Ne le regardez même pas!
Passez à la page 156
et ne posez aucune question.

P.S. Ne respirez pas dessus non plus.

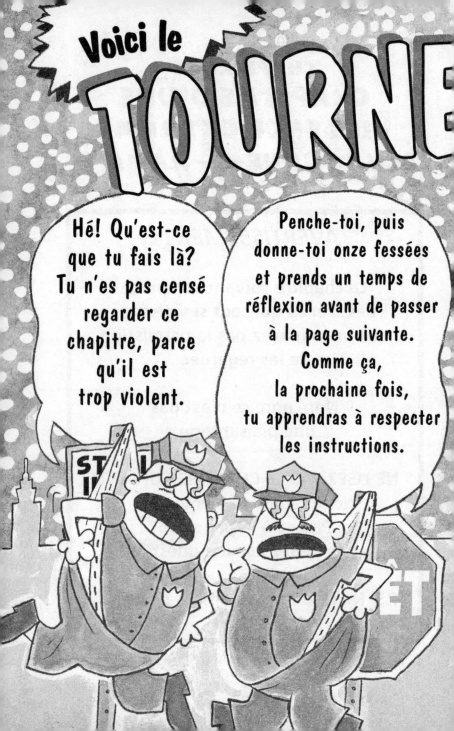

O-RAMA

PILKEY^{MD}

MODE D'EMPLOI :

Étape n° 1

Commence par te donner onze fessées et par prendre un temps de réflexion. Puis place la main gauche sur la zone marquée « MAIN GAUCHE » à l'intérieur des pointillés. Garde le livre ouvert et bien à plat.

Étape n° 2

Saisis la page de droite entre le pouce et l'index de la main droite (à l'intérieur des pointillés, dans la zone marquée « POUCE DROIT »).

Étape n° 3

Tourne rapidement la page de droite dans les deux sens jusqu'à ce que les dessins aient l'air animés.

(Pour avoir encore plus de plaisir, tu peux faire tes propres effets sonores!)

TOURNE-O-RAMA 1

(pages 141 et 143)

N'oublie pas de tourner seulement
la page 141.
Assure-toi de voir les dessins aux
pages 141 et 143 en tournant les pages.
Si tu les tournes assez vite,
les dessins auront l'air de ne faire qu'un.

N'oublie pas de faire
tes propres effets sonores!

MAIN GAUCHE

À L'ASSAUT
DE ROBO-GEORGES

À L'ASSAUT
DE ROBO-GEORGES

TOURNE-O-RAMA 2

(pages 145 et 147)

N'oublie pas de tourner seulement
la page 145.
Assure-toi de voir les dessins aux
pages 145 et 147 en tournant les pages.
Si tu les tournes assez vite,
les dessins auront l'air de ne faire qu'un.

N'oublie pas de faire
tes propres effets sonores!

MAIN GAUCHE

ET PAN
DANS L'ŒIL!

INDEX
DROIT

ET PAN
DANS L'ŒIL!

TOURNE-O-RAMA 3

(pages 149 et 151)

N'oublie pas de tourner seulement
la page 149.
Assure-toi de voir les dessins aux
pages 149 et 151 en tournant les pages.
Si tu les tournes assez vite,
les dessins auront l'air de ne faire qu'un.

N'oublie pas de faire
tes propres effets sonores!

MAIN GAUCHE

TÊTE-À-TÊTE
ENTRE AMIS

POUCE
DROIT

TÊTE-À-TÊTE
ENTRE AMIS

TOURNE-O-RAMA 4

(pages 153 et 155)

N'oublie pas de tourner seulement
la page 153.
Assure-toi de voir les dessins aux
pages 153 et 155 en tournant les pages.
Si tu les tournes assez vite,
les dessins auront l'air de ne faire qu'un.

N'oublie pas de faire
tes propres effets sonores!

MAIN GAUCHE

À LA
FERRAILLE!

153

À LA
FERRAILLE!

CHAPITRE 26
PSYCHOLOGIE INVERSÉE 2

Les robots géants ont été battus, mais la guerre n'est pas encore terminée. Harold court à la recherche de l'Anneau hypnotique 3-D qui se trouve encore dans l'arbre, tandis que Georges part en courant vers le magasin *Tout sauf de l'assouplissant* pour acheter d'autres fournitures.

Georges revient au centre-ville en transportant une grosse boîte en carton remplie de vaporisateurs.

« Qu'est-ce que tu fais avec ça? » demande Harold, qui vient d'arriver avec l'Anneau hypnotique 3-D.

« J'emporte cet amidon extrafort en aérosol à un endroit où Mme Culotte ne le trouvera pas », crie Georges d'une voix puissante.

« De l'amidon extrafort en aérosol? s'écrie
Mme Culotte. C'est en plein ce dont j'ai besoin! »
Ses cheveux se jettent sur Georges et le stoppent
immédiatement. Puis, neuf tresses saisissent
chacune une canette dans la boîte et se mettent
à vaporiser le capitaine Bobette.

159

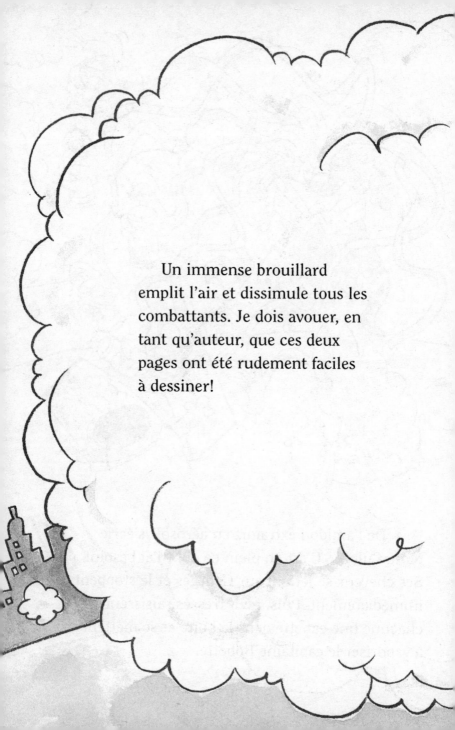

Un immense brouillard
emplit l'air et dissimule tous les
combattants. Je dois avouer, en
tant qu'auteur, que ces deux
pages ont été rudement faciles
à dessiner!

Lorsque le brouillard se lève enfin,
Mme Culotte n'a plus un seul poil sur la tête.
En fait, plus personne n'a un seul poil sur la tête.

« Tu vois, explique Georges, il n'y avait pas
d'amidon dans la boîte, qui n'était qu'une boîte
de lotion épilatoire camouflée. J'ai utilisé contre
elle la psychologie inversée. »

« Aaah! crie Harold en mettant les mains sur son crâne chauve. Ma mère va pondre des œufs durs en me voyant! »

« Du calme! dit Georges. Nos cheveux vont repousser. »

« C'est facile à dire pour toi, gémit Harold. Tes cheveux n'avaient qu'un centimètre de long de toute façon. »

CHAPITRE 27
PSYCHOLOGIE INVERSÉE INVERSÉE

« Eh bien, Mme Culotte! déclare le capitaine Bobette. La prison vous attend. »

« Un instant! proteste Harold. On va s'occuper de Mme Culotte. Retournez à l'école, habillez-vous et lavez-vous le visage. »

« Lavez-le à grande eau, ajoute Georges. Nous, on a du pain sur la planche. »

« OK », dit le capitaine Bobette.

Le capitaine obéit sans tarder et redevient aussi « Bougon » qu'avant. Il faut maintenant redonner à Mme Culotte sa forme première... avec toutefois quelques modifications.

« OK, dit Harold. Te souviens-tu de ce qui s'est passé quand on a hypnotisé Mme Rancier? Elle a fait le contraire de ce qu'on lui avait ordonné. »

« Oui, je m'en souviens », approuve Georges.

« Donc, poursuit Harold, pour obtenir les résultats voulus, il faut la persuader de faire le contraire du contraire de *ce qu'on veut.* »

« Ça fait longtemps que j'ai compris ça », déclare Georges.

Les deux garçons hypnotisent de nouveau leur institutrice. Cette fois-ci cependant, ils utilisent contre elle la psychologie inversée inversée.

« À partir de maintenant, ordonne Georges, on vous connaîtra sous le SEUL nom de Mme Culotte. »

« Vous conserverez tous vos superpouvoirs », ajoute Harold.

« Vous ne ferez PAS la classe à la quatrième année », dit Georges.

« Vous vous souviendrez de tout ce qui s'est passé depuis deux semaines », déclare Harold.

« Vous ne nous redonnerez PAS nos anciennes notes », suggère Georges.

« Vous ne deviendrez PAS le professeur le plus gentil de l'histoire de l'école primaire Jérôme-Hébert », propose Harold.

« Et vous ne ferez pas de biscuits aux brisures de chocolat pour la classe tous les jours », conclut Georges.

« Georges! interrompt Harold sévèrement. Arrête de faire l'idiot! »

« C'était trop tentant, explique Georges.

On ne devrait pas hypnotiser quelqu'un quand on a faim. »

« OK, OK, concède Harold. Maintenant, on va faire claquer nos doigts et PRIER pour que ça marche. »

CLAC!

CHAPITRE 28
BREF...

Ça a marché.

CHAPITRE 29
LES AVANTAGES DE L'HYPNOTISME

Le lendemain, Mme Rancier a l'air beaucoup plus aimable que d'habitude quand elle entre dans la classe.

« Les enfants, déclare-t-elle, j'ai une bonne nouvelle. »

« Hourra! » lancent les enfants.

« C'est l'heure du cours de français », dit Mme Rancier.

« Oooooh! » gémissent les enfants, déçus.

« Aujourd'hui, dit Mme Rancier, j'ai demandé à Georges et à Harold de faire la classe. »

« Hourra! » lancent les enfants.

« Ils vont nous enseigner la création littéraire... », dit-elle.

« Oooooh! » gémissent les enfants, déçus.

« ... en nous montrant à faire nos propres bandes dessinées », complète-t-elle.

« Hourra! » lancent les enfants.

« Pendant que vous écoutez Georges et Harold, je vais vous distribuer à tous... »

« Oooooh! » gémissent les enfants, déçus.

« ... les biscuits aux brisures de chocolat que j'ai faits. »

« Hourra! » lancent les enfants.

« C'est super, déclare Harold, mais es-tu sûr qu'on avait le droit de changer sa personnalité? »

« Et pourquoi pas? proteste Georges. Elle est plus heureuse et elle vivra probablement plus longtemps. »

« Tu as raison, approuve Harold. J'imagine que l'hypnotisme est parfois une bonne chose. »

Mais ce n'est pas toujours le cas...

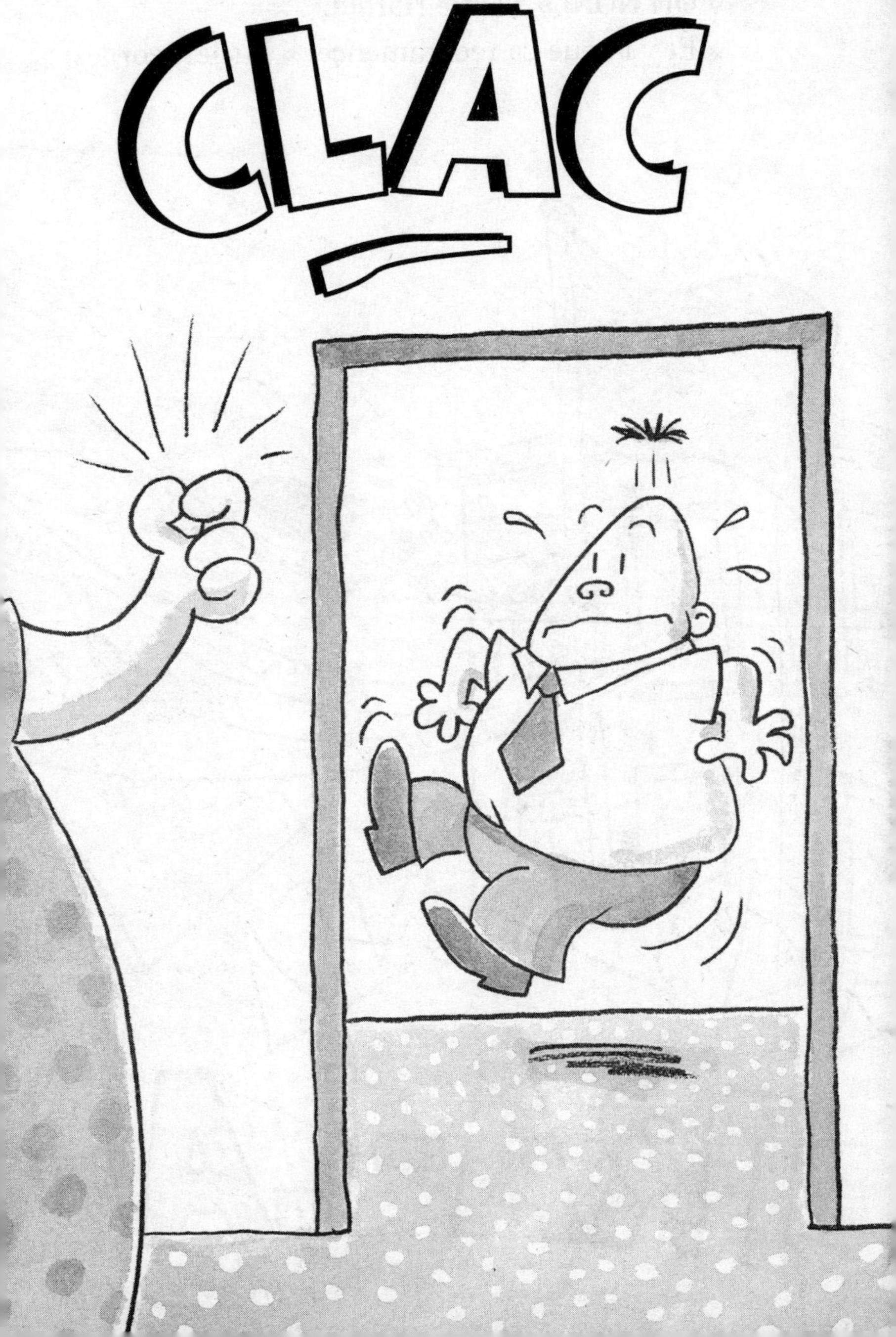
CLAC

« OH NON! » s'écrie Harold.

« Et v'là que ça recommence! » hurle Georges.